Cows Can't Jump
Les vaches ne peuvent pas sauter

Écrit par Dave Reisman
Illustré par Jason A. Maas

JumpingCowPress.com

JUMPING COW PRESS

Pour Isaac, Rachel, Eli & Emma
Avec amour,
DR

Published by Jumping Cow Press
JumpingCowPress.com

©2020 Jumping Cow Press
All rights reserved

ISBN 13: 978-0-9801433-9-3
ISBN 10: 0-9801433-9-X

All text, characters and other elements are trademarks of
Jumping Cow Press

No part hereof may be copied or reproduced in any manner whatsoever,
including without limitation by photocopier, scanner, storage or retrieval device
or other electronic, digital or mechanical means, without the express prior
written consent of the copyright and trademark owners.

This book was translated by NABU.ORG // Ce livre été traduit par NABU.ORG

First Paperback Edition
April 2020

Printed in China

Les vaches ne peuvent pas sauter...
Cows can't jump...

...mais ils peuvent nager.
...but they can swim.

Les gorilles ne savent pas nager...
Gorillas can't swim...

...mais ils peuvent galoper.
...but they can gallop.

Les serpents ne peuvent pas galoper...

Snakes can't gallop...

...mais ils peuvent glisser.
...but they can slither.

...mais ils peuvent fuir.
...but they can stampede.

Les kangourous ne peuvent pas se précipiter...

Kangaroos can't stampede...

...mais ils peuvent sauter.
...but they can hop.

Les tortues
ne peuvent pas sauter...

Turtles can't hop...

...mais ils peuvent plonger.
...but they can dive.

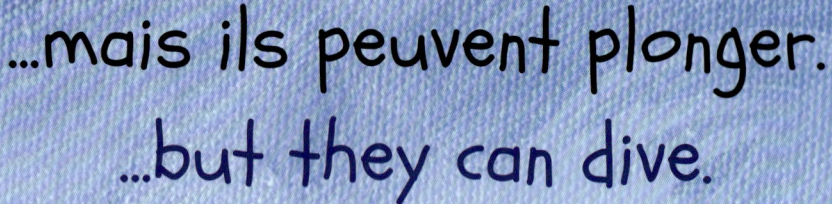

Les chauves-souris ne peuvent pas plonger...

Bats can't dive...

...mais ils peuvent voler.
...but they can fly.

Les porcs ne peuvent pas voler...
Pigs can't fly...

...mais ils peuvent se vautrer.
...but they can wallow.

Les chats ne peuvent
pas se vautrer...

Cats can't wallow...

...mais ils peuvent bondir.
...but they can pounce.

Les poissons ne peuvent pas bondir...

Fish can't pounce...

Les canards ne peuvent pas jaillir...
Ducks can't spring...

...mais ils peuvent se dandiner.
...but they can waddle.

Les chevaux ne peuvent pas se précipiter...

Horses can't scurry...

...mais ils peuvent galoper.
...but they can trot.

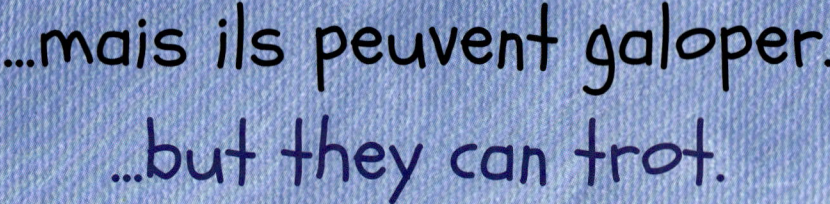

Les écureuils ne peuvent pas galoper...

Squirrels can't trot...

...mais ils peuvent glisser.
...but they can glide.

...mais ils peuvent grimper.
...but they can climb.

...mais ils peuvent dormir.
...but they can sleep.

Visitez Jumping Cow Press pour des feuilles d'activités gratuites, des guides d'apprentissage et d'autres ressources d'apprentissage gratuites à imprimer!

www.jumpingcowpress.com

Les Vaches Ne Peuvent Pas la série est disponible en livre de poche, Stubby & Stout ™ et formats eBook

Visit the Jumping Cow Press website for our shop, free printable learning resources and more!

www.jumpingcowpress.com

Available in Paperback, Stubby & Stout™ and eBook Formats

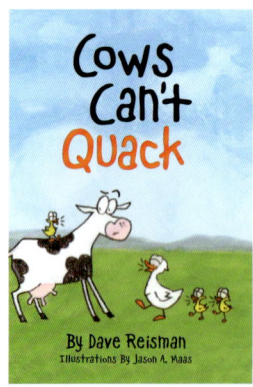